PRIX

des principaux objets de consommation à Paris

de 1896 à 1900

et plus anciennement

PAR

GUSTAVE BIENAYMÉ

MONTÉVRAIN

IMPRIMERIE TYPOGRAPHIQUE DE L'ÉCOLE D'ALEMBERT

1903

PRIX

des principaux objets de consommation à Paris

de 1896 à 1900

et plus anciennement

PAR

GUSTAVE BIENAYMÉ

Les chiffres ci-après font suite à ceux qui sont donnés dans l'*Annuaire statistique de la Ville de Paris* pour 1895 (1), lesquels faisaient suite à ceux rassemblés dans l'*Annuaire* pour 1893 (2).

Les tableaux de ce volume présentaient les prix, depuis deux siècles environ pour la plupart, des principaux objets, et plus anciennement pour certains autres. Les tableaux parus en dernier concernaient en outre des prix les plus récents alors, ceux depuis 1892 ou plus nouveaux pour des objets non compris dans le premier travail.

De même que, dans le dernier, il avait semblé opportun de rappeler l'origine des chiffres donnés, de même paraît-il bon de le faire encore cette fois. On répétera donc que les plus anciens étaient tirés des archives de quelques établissements hospitaliers, scolaires ou religieux, et que les prix modernes provenaient seulement les archives de l'Assistance publique, de l'hôpital du Val-de-Grâce, de l'hospice des Quinze-Vingts et du lycée Louis-le-Grand, mais qu'y étaient joints les prix de vente en gros aux Halles centrales reproduits par les *Annuaires statistiques* postérieurs à celui pour 1885 d'après les publications du service municipal de l'approvisionnement de Paris. Toutefois, il avait été évité de surcharger les tableaux de ces prix de gros avec toutes les subdivisions adoptées par le commerce des Halles, selon les provenances et qualités, et même quelques objets peu importants n'y figuraient pas.

Il y a à rappeler aussi que, pour maintenir l'uniformité des désignations de sources, on avait continué à placer sous les rubriques d' « Hôtel-Dieu » et de « Louis-le-Grand » (en substituant le mot lycée à celui de collège) les prix communs aux divers établissement relevant de l'Assistance publique et de l'Université de Paris.

C'est dans les mêmes conditions que les prix de 1896 à 1900 sont présentés ci-après.

On s'étonnera sans doute d'y voir reproduits des chiffres donnés avec ceux de 1894 et

(1) Voir p. 301-328.
(2) Voir p. 383-403.

1895, quoique rigoureusement l'*Annuaire* pour cette dernière année ne les comportât pas.

C'est que les chiffres de 1896 ne figuraient là que comme éléments de comparaison, tandis que, dans le présent travail, ils concourent à la formation de la période quinquennale choisie avec les deux précédentes pour base d'un examen rétrospectif des prix de la dernière quinzaine d'années du xixᵉ siècle.

Tel est l'objet des tableaux graphiques mis en regard de chaque page de prix. Il a semblé que des diagrammes feraient ressortir les moyennes périodiques tirées de séries arides de chiffres mieux que l'exposition des résultats de calculs strictement numérique.

Au risque de manquer à la régularité rigoureuse pour certaines moyennes, quelques dates initiales remontent à 1885, première année de la publication dans l'*Annuaire statistique* des prix de gros, et des dates finales sont antérieures à 1900 quand une limite est imposée par le changement d'unité pour la vente.

Sous ces réserves, les tableaux graphiques suivants tendent à montrer le mouvement des prix tel du moins que les distingue en séries l'usage de la statistique. Ce qu'il y a de plus patent, c'est l'allure particulière des objets sans qu'on puisse même en constater une commune dans chaque catégorie. C'est ainsi que les lignes joignant les points correspondant aux trois périodes s'infléchissent comme il suit :

Pour les prix tirés des archives modernes d'établissements publics, la majorité des lignes va en s'abaissant ; de moins nombreuses s'élèvent au point de repère du milieu, mais s'abaissent vers le dernier ; de moins nombreuses encore s'abaissent à la période médiane, puis se relèvent et très peu vont tout en montant.

Pour les ventes en gros aux Halles, les lignes de maxima qui s'élèvent d'abord puis se rabaissent sont en bien plus grand nombre que les autres. Celles qui continuent à s'élever viennent après et ensuite celles qui ne cessent de descendre. Enfin très peu s'inclinent pour se redresser. Au contraire, parmi les lignes de minima, il y a bien plus de tout à fait descendantes et c'est la minorité qui ne fait que monter. Entre ces lignes contrairement obliques, s'en distinguent beaucoup dont le fléchissement est au milieu, mais presque pas de brisées en sens inverse.

En somme, pour les doubles prix de gros comme pour les prix uniques des établissements, il se trouve peu ou point de lignes horizontales. Il résulte donc de l'ensemble de toutes que leurs éléments ne sont pas restés stationnaires ; mais, ce qui ressort surtout des comparaisons c'est qu'elles sont loin de confirmer l'opinion presque générale sur l'accroissement des prix.

Il convient d'ailleurs de spécifier que les résultats montrés ici ne s'appliquent qu'au coût d'objets dont la constatation a été rendue possible par une publication officielle et par le dépouillement d'archives dans des établissements de l'État ou de la Ville. Or, les relevés du service de la Statistique municipale ne concernent guère que des prix de gros, et les comptes hospitaliers ou scolaires ne se rapportent qu'à des denrées consommées dans les conditions particulières aux maisons où la vie en commun, l'absence de confort et une fourniture aussi régulière que considérable, procurent un bon marché relatif. Il n'y a donc à établir qu'une corrélation approximative entre les renseignements puisés à ces sources et la valeur de ce qu'achètent au détail les classes élevées, bourgeoises et ouvrières à Paris. Il n'en est pas moins loisible de tirer, toute proportion gardée, des chiffres qui suivent certaines indications sur plusieurs articles de la dépense privée des Parisiens. Ces indications seraient probablement représentées par des lignes parallèles à celles tracées ci-après.

TABLEAUX NUMÉRIQUES DES PRIX

des principaux objets de consommation
à Paris de 1896 à 1900

ET

TABLEAUX GRAPHIQUES DES PRIX MOYENS

par périodes quinquennales
de 1885 à 1900

Prix de vente en gros aux Halles centrales du kilogramme de viande

ANNÉES	Bœuf						Veau					
	1re CATÉGORIE		2e CATÉGORIE		3e CATÉGORIE		1re CATÉGORIE		2e CATÉGORIE		3e CATÉGORIE	
	Aloyaux et filets		Quart de derrière		Quart de devant		Pans et cuissots		Entier (1re qual.)		Entier (2e qual.)	
	max.	min.	max.	min.	max.	min.	max.	min.	max.	min.	max.	min.
	fr. c.	fr. c.	fr. c.	fr. c.	fr. c.	fr. c.	fr. c.	fr. c.	fr. c.	fr. c.	fr. c.	fr. c.
1896	2 60	1 20	1 79	1 01	1 19	0 55	2 25	1 38	1 94	1 75	1 56	1 06
1897	2 63	1 26	1 78	1 04	1 07	0 58	2 29	1 43	1 84	1 61	1 59	1 34
1898	2 44	1 15	1 52	0 88	0 85	0 52	2 21	1 16	1 63	1 49	1 41	1 29
1899	2 39	1 11	1 51	0 87	0 87	0 53	2 16	1 43	1 61	1 48	1 39	1 28
1900	2 48	1 15	1 51	0 82	0 84	0 45	2 19	1 11	1 63	1 48	1 38	1 26

ANNÉES	Mouton						Porc					
	1re CATÉGORIE		2e CATÉGORIE		3e CATÉGORIE		1re CATÉGORIE		2e CATÉGORIE		3e CATÉGORIE	
	Gigots et carrés		Entier (1re qual.)		Entier (2e qual.)		Reins et filets		Entier		Salaisons	
	max.	min.	max.	min.	max.	min.	max.	min.	max.	min.	max.	min.
	fr. c.	fr. c.	fr. c.	fr. c.	fr. c.	fr. c.	fr. c.	fr. c.	fr. c.	fr. c.	fr. c.	fr. c.
1896	3 08	1 27	1 92	1 72	1 53	0 97	1 43	1 05	1 16	1 02	1 41	0 82
1897	2 97	1 41	1 84	1 63	1 58	1 23	1 55	1 16	1 19	1 03	1 22	0 90
1898	2 81	1 41	1 74	1 58	1 59	1 36	1 63	1 32	1 31	1 23	1 51	1 18
1899	2 17	1 46	1 76	1 59	1 50	1 34	1 76	1 46	1 50	1 42	1 09	1 39
1900	2 25	1 59	1 77	1 58	1 49	1 35	1 75	1 38	1 39	1 31	1 63	1 27

NOTA. — Voir les prix antérieurs depuis 1885 dans l'*Annuaire statistique de la Ville de Paris* pour 1895, p. 394.

Prix divers de la viande de boucherie

ANNÉES	HOTEL-DIEU	Hospice des Quinze-Vingts	Hôpital du Val-de-Grâce	Lycée Louis-le-Grand	OBSERVATIONS
	le kil.	le kil.	le kil.	le kil.	Voir les prix an-
	fr. c.	fr. c.	fr. c.	fr. c.	térieurs dans les
1896	1 36	1 50	1 89	1 93	*Annuaires statisti-*
1897	1 27	1 42	1 87	1 51	*ques de la Ville de*
1898	1 16	1 47	1 65	1 69	*Paris* pour 1893,
1899	1 17	1 37	1 75	1 67	p. 305, et pour 1895,
1900	1 17	1 42	1 75	1 79	p. 393.

Prix de la charcuterie

ANNÉES	HOTEL-DIEU	Lycée Louis-le-Grand	OBSERVATIONS
	le kil.	le kil.	Voir les prix an-
	fr. c.	fr. c.	térieurs dans les
1896	1 31	1 45	*Annuaires statisti-*
1897	1 09	1 53	*ques de la Ville de*
1898	1 30	1 69	*Paris* pour 1893,
1899	1 47	1 89	p. 306, et pour 1895,
1900	1 49	1 99	p. 393.

Moyennes quinquennales des principaux prix ci-contre, et de prix antérieurs

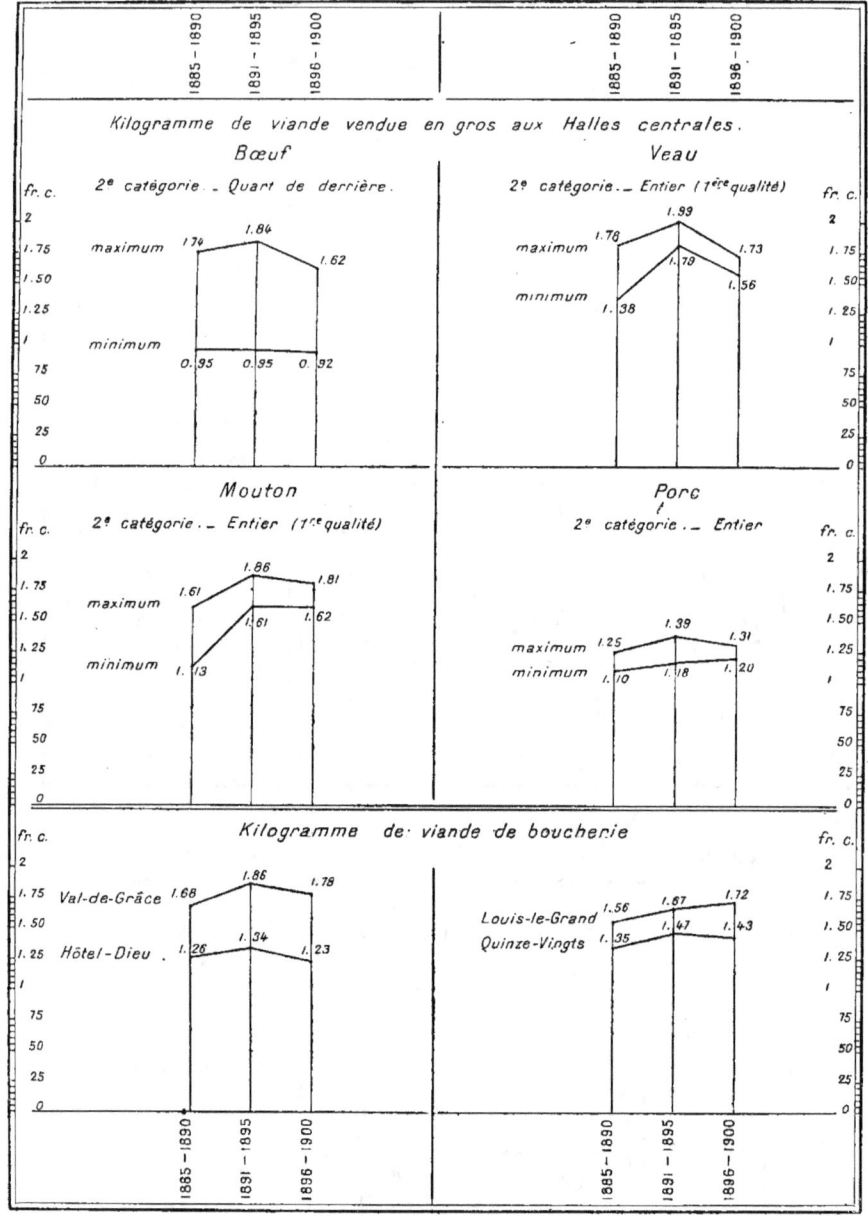

Prix du pain

ANNÉES	TAXE officieuse	HOTEL-DIEU	Hôpital du Val-de-Grâce	Lycée Louis-le-Grand	OBSERVATIONS
	le kil. fr. c.	le kil. fr. c.	le kil. fr. c.	le kil. fr. c.	Voir les prix antérieurs dans les *Annuaires statistiques de la Ville de Paris* pour 1893, p. 304, et pour 1895, p. 393.
1896	0 30 55	0 21 09	0 31 4	0 29 5	
1897	0 36 29	0 24 69	0 28 4	0 29 4	
1898	0 37 83	0 26 56	0 37 2	0 37 4	
1899	0 31 99	0 23 42	0 26 8	0 33 4	
1900	0 31 49	0 21 67	0 27 »	0 29 »	

Prix des œufs

ANNÉES	HOTEL-DIEU	Hôpital du Val-de-Grâce	Lycée Louis-le-Grand	VENTE en gros aux Halles des œufs moyens		OBSERVATIONS
				max.	min.	
	mille fr. c.	mille fr. c.	mille fr. c.	mille fr. c.	mille fr. c.	Voir les prix antérieurs dans les *Annuaires statistiques de la Ville de Paris* pour 1893, p. 317, et pour 1895, p. 393.
1896	82 »	86 »	80 »	89 87	78 07	
1897	80 »	85 »	80 »	94 39	79 41	
1898	83 »	83 »	80 »	94 92	82 33	
1899	79 »	85 »	80 »	94 47	81 02	
1900	84 »	86 »	80 »	96 60	82 90	

Prix du beurre

ANNÉES	HOTEL-DIEU	Hôpital du Val-de-Grâce	Lycée Louis-le-Grand	VENTE en gros aux Halles (provenance de Gournay)		OBSERVATIONS
				max.	min.	
	le kil. fr. c.	le kil. fr. c.	le kil. fr. c.	le kil. fr. c.	le kil. fr. c.	Voir les prix antérieurs dans les *Annuaires statistiques de la Ville de Paris* pour 1893, p. 314, et pour 1895, p. 393.
1896	2 98	2 62	2 43	3 89	1 96	
1897	2 93	2 60	2 42	3 69	2 01	
1898	3 04	2 56	2 41	3 75	2 16	
1899	3 08	2 75	2 51	3 62	2 14	
1900	3 06	» »	2 58	3 64	2 14	

Prix des fromages secs

ANNÉES	HOTEL-DIEU	Lycée Louis-le-Grand	VENTE en gros AUX HALLES		OBSERVATIONS
			max.	min.	
	le kil. fr. c.	le kil. fr. c.	le kil. fr. c.	le kil. fr. c.	Voir les prix antérieurs dans les *Annuaires statistiques de la Ville de Paris* pour 1893, p. 315, et pour 1895, p. 396.
1896	1 54	1 91	1 95	0 68	
1897	1 44	1 92	1 92	0 73	
1898	1 50	1 90	2 36	0 94	
1899	1 58	1 90	2 54	0 38	
1900	1 52	1 90	2 45	0 95	

Prix des fromages frais

ANNÉES	VENTE en gros aux Halles (ESPÈCES DIVERSES)		OBSERVATIONS
	max.	min.	
	le kil. fr. c.	le kil. fr. c.	Voir les prix antérieurs dans les *Annuaires statistiques de la Ville de Paris* pour 1893, p. 315, et pour 1895, p. 397.
1896	1 82	0 31	
1897	1 60	0 50	
1898	1 20	0 77	
1899	1 35	0 75	
1900	1 34	0 50	

Moyennes quinquennales des principaux prix ci-contre, et de prix antérieurs

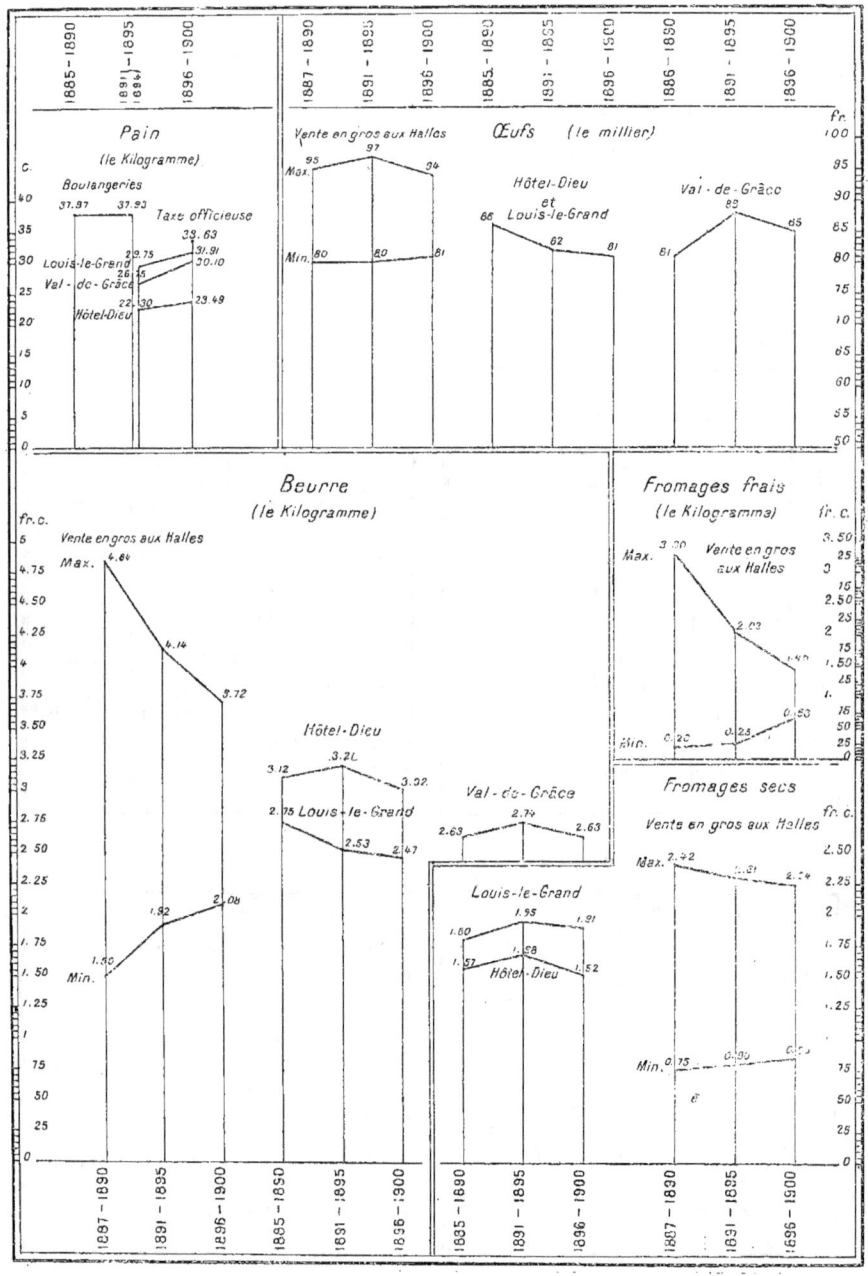

Prix du lait

ANNÉES	HOTEL-DIEU	Lycée Louis-le-Grand	OBSERVATIONS
	le litre	le litre	
	fr. c.	fr. c.	Voir les prix anté-
1896	0 19	0 25	rieurs dans les An-
1897	0 19	0 25	nuaires statistiques de
1898	0 19	0 22	la Ville de Paris pour
1899	0 20	0 22	1895, p. 396.
1900	0 21	0 22	

Prix de la volaille et du gibier vendus au poids

ANNÉES	HOTEL-DIEU	Hôpital du Val-de-Grâce	Lycée Louis-le-Grand (Poulets)	OBSERVATIONS
	le kil.	le kil.	le kil.	
	fr. c.	fr. c.	fr. c.	Voir les prix anté-
1896	1 95	2 75	3 65	rieurs dans les An-
1897	1 93	2 70	3 65	nuaires statistiques de
1898	1 91	2 89	3 14	la Ville de Paris pour
1899	1 88	3 14	3 10	1893, p. 307, et pour 1895,
1900	1 61	3 06	3 »	p. 393.

Prix du poisson frais

ANNÉES	HOTEL-DIEU	Hôpital du Val-de-Grâce	Lycée Louis-le-Grand	OBSERVATIONS
	le kil.	le kil.	le kil.	
	fr. c.	fr. c.	fr. c.	Voir les prix anté-
1896	0 58	1 30	0 86	rieurs dans les An-
1897	0 61	1 74	0 90	nuaires statistiques de
1898	0 61	1 80	0 98	la Ville de Paris pour
1899	0 65	1 61	0 95	1893, p. 310, et pour 1895,
1900	0 62	1 68	1 06	p. 396.

Prix du poisson salé (morue)

ANNÉES	HOTEL-DIEU	Lycée Louis-le-Grand	OBSERVATIONS
	le kil.	le kil.	
	fr. c.	fr. c.	Voir les prix anté-
1896	0 97	1 40	rieurs dans les An-
1897	0 96	1 »	nuaires statistiques de
1898	0 98	1 40	la Ville de Paris pour
1899	1 05	1 »	1893, p. 310, et pour 1895,
1900	0 96	1 »	p. 396.

Prix des huîtres

ANNÉES	Vente en gros aux Halles												OBSERVATIONS
	CANCALE		Courseulles et St-Vaast		MARENNES		Armoricaines		ARCACHON		PORTUGAL		
	max.	min.	max.	min.	max.	min.	max.	min.	max.	min.	max.	min.	
	le cent	le cent	le cent	le cent	le cent	le cent	le cent	le cent	le cent	le cent	le cent	le cent	Voir les prix anté-
	fr. c.	fr. c.	fr. c.	fr. c.	fr. c.	fr. c.	fr. c.	fr. c.	fr. c.	fr. c.	fr. c.	fr. c.	rieurs dans les An-
1896	15 46	4 49	18 »	14 »	13 95	3 83	10 96	6 46	5 25	2 47	4 49	2 20	nuaires statistiques
1897	18 39	6 68	18 »	9 »	15 »	4 58	15 60	5 80	6 47	2 83	4 68	2 25	de la Ville de Paris
1898	16 48	6 39	18 »	9 »	15 05	4 90	15 42	5 57	5 91	2 81	4 75	2 07	pour 1893, p. 313, e
1899	14 63	5 64	» »	» »	14 98	4 02	13 77	5 79	6 59	2 80	4 50	2 01	pour 1895, p. 396.
1900	14 07	5 75	» »	» »	14 96	4 25	15 »	4 »	7 11	2 56	4 50	2 05	

Moyennes quinquennales des principaux prix ci-contre, et de prix antérieurs

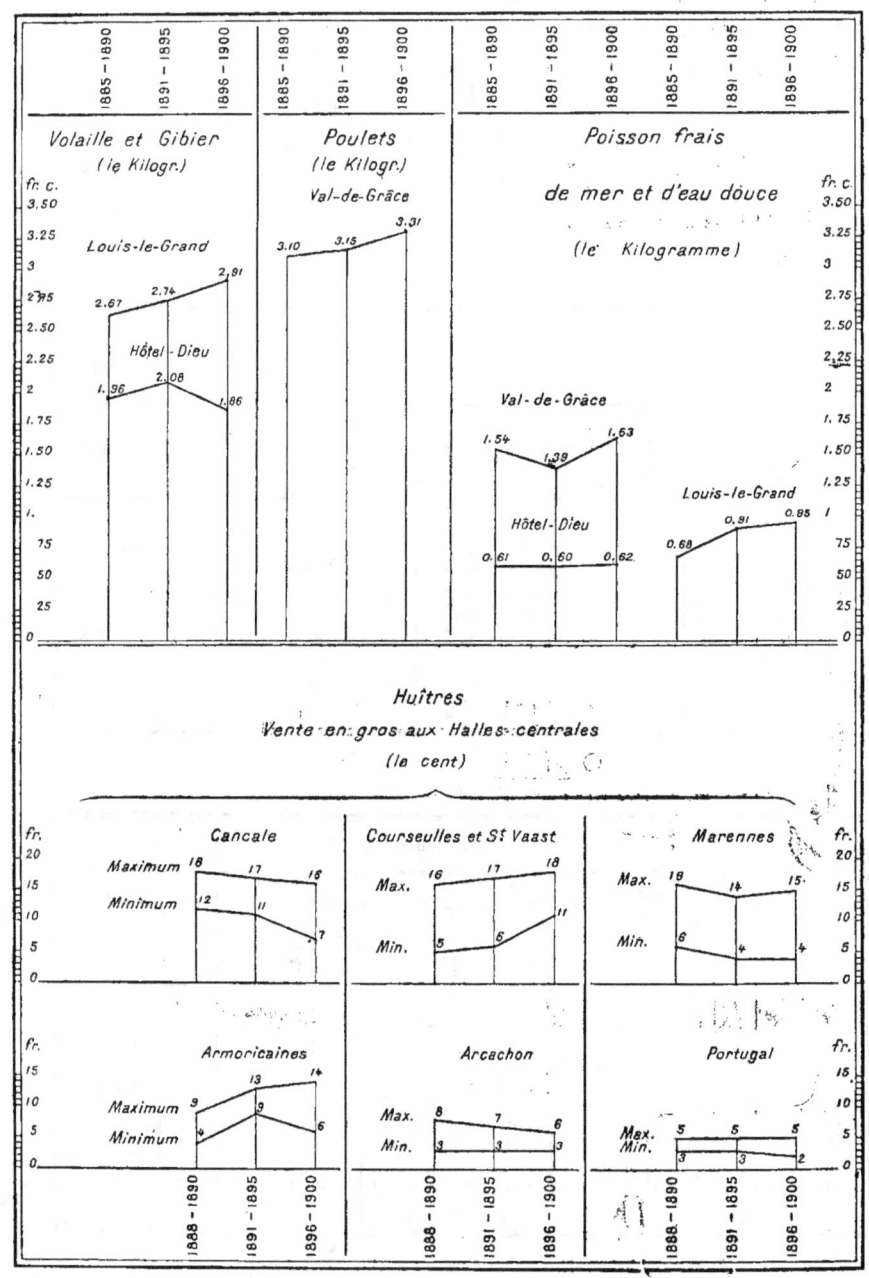

Prix de vente en gros aux Halles centrales de la volaille et du gibier par espèces et par pièce

ANNÉES	Poulets en chair de Chartres, Châteaudun, Caen, etc.		Canards domestiques ordinaires		Canards SAUVAGES		Oies du MIDI		Dindes ordinaires COQS		Dindes ordinaires POULES		Pigeons de VOLIÈRE		Pintades		Perdrix et Perdreaux DE PAYS	
	max.	min.	max.	min.	max.	min.	max.	min.	max.	min.	max.	min.	max.	min.	max.	min.	max.	min.
	fr. c.	fr. c.	fr. c.	fr. c.	fr. c.	fr. c.	fr. c.	fr. c.	fr. c.	fr. c.	fr. c.	fr. c.	fr. c.	fr. c.	fr. c.	fr. c.	fr. c.	fr. c.
1896	4 96	2 57	3 80	2 26	4 15	2 80	7 80	3 73	4 96	6 10	8 20	5 32	1 76	» 83	3 62	2 47	2 95	1 87
1897	5 63	3 51	3 42	2 48	3 53	2 39	6 34	4 13	9 20	6 26	8 42	5 44	1 55	» 84	3 75	2 75	2 83	1 75
									du Gâtinais				d Aconnais				jeunes	
1898	5 84	2 63	3 49	2 19	4 15	2 39	5 43	4 29			10 33	6 51	1 43	» 81	3 78	2 64	3 09	1 62
1899	5 60	2 66	3 37	2 22	3 74	1 92	6 »	3 93			10 44	6 14	1 32	» 61	3 99	2 63	3 12	1 32
1900	5 82	2 66	3 49	2 25	3 50	2 50	6 »	4 83			10 65	6 02	1 22	» 58	3 83	2 59	3 30	1 42

ANNÉES	Faisans COQS		Faisans POULES		Alouettes (la douzaine)		Bécasses		Bécassines		Cailles		Grives et Merles		Sarcelles		Vanneaux et Pluviers	
	max.	min.	max.	min.	max.	min.	max.	min.	max.	min.	max.	min.	max.	min.	max.	min.	max.	min.
	fr. c.	fr. c.	fr. c.	fr. c.	fr. c.	fr. c.	fr. c.	fr. c.	fr. c.	fr. c.	fr. c.	fr. c.	fr. c.	fr. c.	fr. c.	fr. c.	fr. c.	fr. c.
1896	6 10	4 15	5 10	3 60	2 75	1 65	5 »	3 10	2 15	1 05	1 16	0 78	0 66	0 41	2 52	2 30	1 31	0 70
1897	6 10	4 05	5 11	3 14	3 04	2 10	4 72	2 37	1 95	1 06	1 25	0 59	0 55	0 30	2 99	1 41	0 76	0 51
1898	6 50	3 20	5 36	2 59	3 11	1 78	5 31	2 74	2 14	1 »	1 49	0 54	0 63	0 32	1 87	0 96	0 75	0 43
1899	6 48	3 26	5 15	2 63	3 34	1 92	5 01	2 55	2 13	0 83	1 43	0 55	0 65	0 25	2 12	0 97	0 87	0 50
1900	6 25	3 21	5 05	2 72	3 63	2 17	4 92	3 13	1 81	0 85	1 57	0 64	0 61	0 29	2 14	1 41	0 83	0 50

ANNÉES	Lapins de garenne		Lapins domestiques		Lièvres de PAYS		Chevreaux		Agneaux		Cochons de LAIT		Sangliers et Marcassins		Cerfs Daims et Biches		Chevreuils	
	max.	min.	max.	min.	max.	min.	max.	min.	max.	min.	max.	min.	max.	min.	max.	min.	max.	min.
	fr. c.	fr. c.	fr. c.	fr. c.	fr. c.	fr. c.	fr. c.	fr. c.	fr. c.	fr. c.	fr. c.	fr. c.	fr. c.	fr. c.	fr. c.	fr. c.	fr. c.	fr. c.
1896	2 39	1 41	3 62	1 48	7 85	5 20	5 37	2 96	27 »	14 50	17 »	9 60	92 »	40 »	170 »	85 »	55 20	24 »
1897	2 20	1 38	3 62	1 91	7 87	4 67	3 91	2 53	25 28	12 12	16 54	9 16	90 04	32 82	165 »	82 »	50 94	23 »
							le kil.		le kil.		le kil.		le kil.					
1898	1 86	1 18	3 79	1 50	7 39	3 90	1 16	0 94	1 42	1 07	13 61	9 21	2 34	1 85	1 64	1 23	48 43	19 54
1899	1 78	1 09	3 85	1 41	7 20	3 61	1 16	0 93	1 45	1 09	16 86	12 08	2 12	1 50	1 51	1 35	46 31	19 82
1900	1 73	1 02	4 08	1 30	7 76	4 24	2 90	2 25	1 45	1 06	15 77	9 85	2 01	1 47	1 50	1 10	48 27	22 09

NOTA. — Voir les prix antérieurs dans les *Annuaires statistiques de la Ville de Paris* pour 1893, p. 312, et pour 1895, p. 397.

Moyennes quinquennales des principaux prix ci-contre, et de prix antérieurs

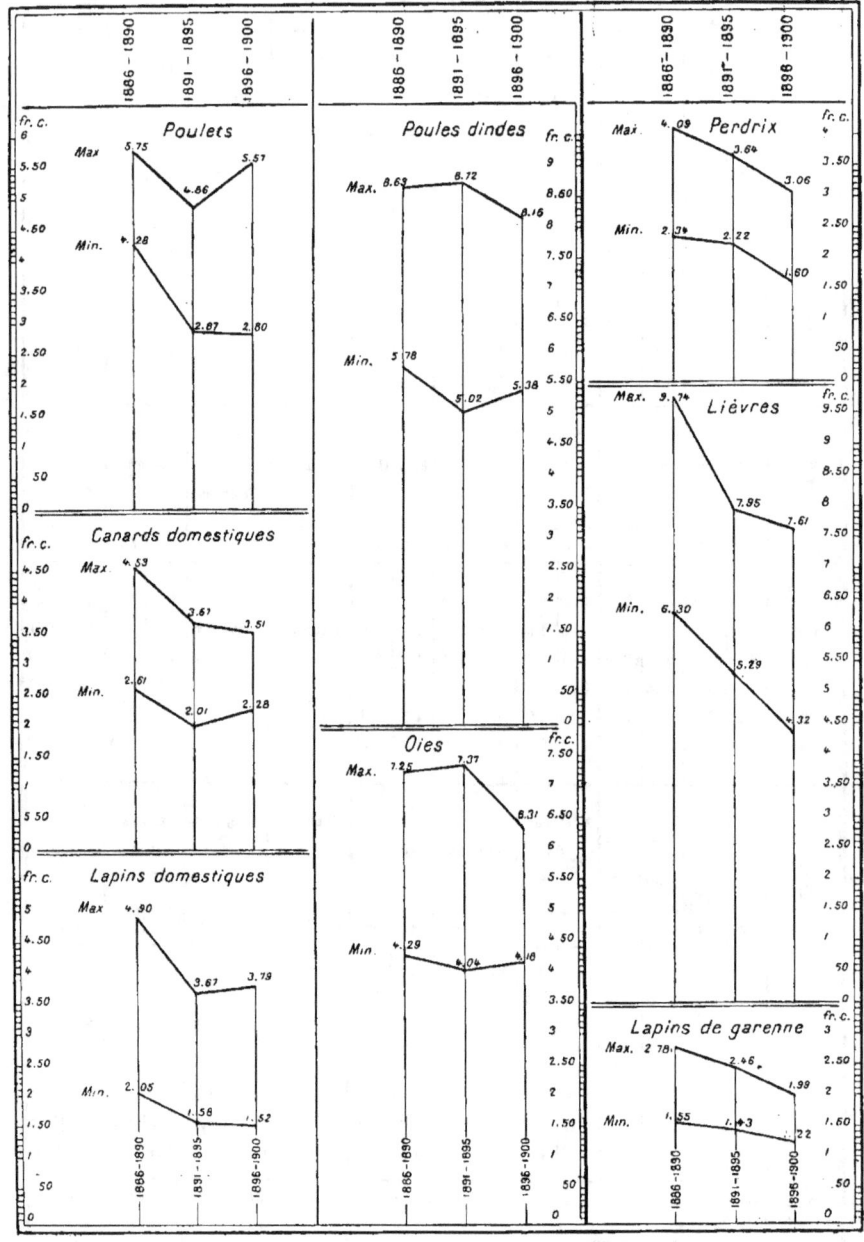

Prix de vente en gros aux Halles centrales du poisson de mer frais par espèces

ANNÉES	Bars (le kil.)		Brèmes (le kil.)		Cabillauds et Collins (le kil.)		Chiens (le kil.)		Congres (le kil.)		Grondins (le kil.)		Harengs (le cent)		Limandes Carrelets et Flets (le kil.)	
	max.	min.	max.	min.	max.	min.	max.	min.	max.	min.	max.	min.	max.	min.	max.	min.
	fr. c.	fr. c.	fr. c.	fr. c.	fr. c.	fr. c.	fr. c.	fr. c.	fr. c.	fr. c.	fr. c.	fr. c.	fr. c.	fr. c.	fr. c.	fr. c.
1896	4 16	2 64	1 44	1 04	0 92	0 57	0 27	0 18	0 88	0 63	0 91	0 67	5 89	4 31	1 27	0 53
1897	4 38	2 45	1 52	0 97	0 53	0 53	0 19	0 14	0 95	0 58	0 98	0 61	5 08	4 83	1 22	0 39
							la manne									
1898	4 12	1 94	1 44	0 63	0 60	0 33	2 03	0 87	0 79	0 46	1 01	0 56	5 98	3 27	3 81	0 93
1899	4 10	2 04	1 37	0 56	0 54	0 34	0 75	0 27	0 93	0 59	0 93	0 57	5 92	3 62	5 40	1 15
1900	4 47	2 16	1 56	0 57	0 71	0 43	0 53	0 29	1 06	0 62	0 96	0 61	7 15	3 61	6 03	1 45

ANNÉES	Maquereaux (la pièce)		Merlans (le kil.)		Mulets (le kil.)		Raies (le kil.)		Rougets Barbets (le kil.)		Sardines (le kil.)		Soles (le kil.)		Thons (le kil.)	
	max.	min.	max.	min.	max.	min.	max.	min.	max.	min.	max.	min.	max.	min.	max.	min.
	fr. c.	fr. c.	fr. c.	fr. c.	fr. c.	fr. c.	fr. c.	fr. c.	fr. c.	fr. c.	fr. c.	fr. c.	fr. c.	fr. c.	fr. c.	fr. c.
1896	0 58	0 21	1 12	0 75	3 49	2 23	0 75	0 52	3 35	2 53	4 38	2 05	3 87	2 50	0 88	0 70
1897	0 49	0 15	1 29	0 66	3 47	1 91	0 78	0 52	3 65	2 22	4 39	1 91	4 11	2 10	0 85	0 64
							la pièce				la caisse				la pièce	
1898	0 48	0 16	1 50	0 75	3 20	1 56	8 45	2 12	3 60	1 73	3 36	1 39	4 29	1 98	5 41	1 83
1899	0 51	0 15	1 48	0 74	3 13	1 40	8 98	2 90	3 46	2 05	3 26	1 54	4 61	1 93	5 91	2 06
1900	0 61	0 19	1 79	0 86	3 48	1 48	9 74	2 13	4 25	2 07	4 44	2 01	4 89	1 95	6 25	1 67

ANNÉES	Turbots et Barbues (le kil.)		Vives (le kil.)		Homards (le kil.)		Langoustes (le kil.)		Crevettes SALICOQUES (le kil.)		Crevettes GRISES (le kil.)		Moules et Coquillages (le sac de 90 kil.)	
	max.	min.	max.	min.	max.	min.	max.	min.	max.	min.	max.	min.	max.	min.
	fr. c.	fr. c.	fr. c.	fr. c.	fr. c.	fr. c.	fr. c.	fr. c.	fr. c.	fr. c.	fr. c.	fr. c.	fr. c.	fr. c.
1896	2 95	1 92	0 64	0 55	2 42	1 73	3 52	2 74	20 49	3 94	0 94	0 68	7 56	6 36
1897	2 39	1 65	0 66	0 52	3 22	2 »	4 26	3 04	13 08	3 27	1 21	0 79	8 47	6 66
1898	3 23	1 50	2 62	1 36	2 92	1 44	3 42	2 03	14 79	3 86	1 22	0 70	9 47	7 05
1899	3 52	1 76	2 23	1 35	3 88	1 97	4 08	2 25	16 13	4 43	1 23	0 75	9 24	7 46
1900	3 79	1 90	2 55	1 59	4 51	2 28	4 48	2 71	15 88	3 53	1 38	0 86	9 36	7 73

NOTA. — Voir les prix antérieurs dans les *Annuaires statistiques de la Ville de Paris* pour 1893, p. 312, et pour 1895, p. 397.

Moyennes quinquennales des principaux prix ci-contre, et de prix antérieurs

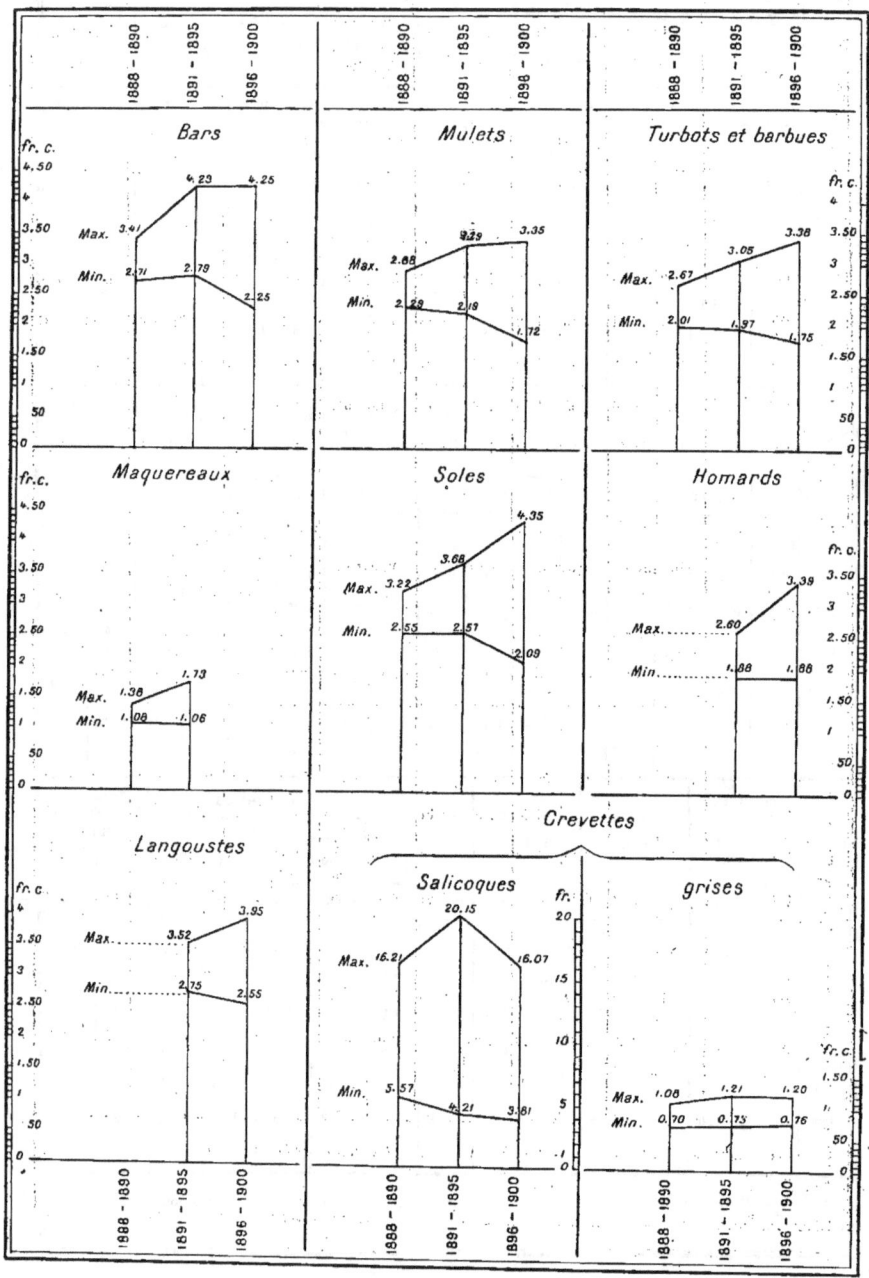

2.

Prix de vente en gros aux Halles centrales du poisson d'eau douce, etc., par espèces

ANNÉES	Aloses (la pièce)		Anguilles (le kil.)		Barbillons (le kil.)		Bécarts et ombres-chevaliers (le kil.)		Brochets (le kil.)		Carpes (le kil.)		Éperlans (le kil.)	
	max.	min.	max.	min.	max.	min.	max.	min.	max.	min.	max.	min.	max.	min.
	fr. c.	fr. c.	fr. c.	fr. c.	fr. c.	fr. c.	fr. c.	fr. c.	fr. c.	fr. c.	fr. c.	fr. c.	fr. c.	fr. c.
1896	2 89	2 18	2 70	1 43	1 50	» 97	5 57	3 74	1 95	1 11	1 89	1 16	0 89	0 56
1897	2 67	1 21	2 83	1 12	1 45	» 88	5 08	3 81	2 26	1 12	1 99	1 03	1 43	0 87
1898	3 14	1 48	3 41	1 62	1 59	» 94	3 50	2 »	2 45	1 33	2 10	1 12	1 33	0 60
1899	2 86	1 46	3 55	1 79	1 69	1 13	9 18	6 10	2 68	1 37	2 19	1 06	1 03	0 62
1900	2 84	1 44	3 52	1 79	1 79	1 27	» »	» »	2 78	1 49	2 29	1 13	1 13	0 57

ANNÉES	Goujons (le kil.)		Saumons (le kil.)		Tanches (le kil.)		Truites (le kil.)		Écrevisses				Escargots (le mille)	
									grosses (le panier de 12 à 20)		moyennes et petites (le panier de 25 à 70)			
	max.	min.	max.	min.	max.	min.	max.	min.	max.	min.	max.	min.	max.	min.
	fr. c.	fr. c.	fr. c.	fr. c.	fr. c.	fr. c.	fr. c.	fr. c.	fr. c.	fr. c.	fr. c.	fr. c.	fr. c.	fr. c.
1896	3 44	2 51	5 45	3 68	1 67	1 01	7 50	4 08	3 93	3 12	2 86	2 31	10 38	2 72
1897	3 90	2 58	6 10	4 08	1 85	0 89	7 49	3 83	3 92	3 13	3 16	2 50	12 52	1 94
1898	4 »	2 42	6 47	3 61	2 »	1 04	8 37	3 62			(colis d'origine) 21 15	6 »	15 19	1 33
1899	3 71	2 32	7 52	4 71	1 99	0 98	8 77	4 01	pattes rouges (colis d'origine) 25 28	7 91			15 19	1 82
1900	3 53	2 19	7 84	4 33	1 98	1 06	9 01	3 66	28 24	7 68			17 23	2 94

NOTA. — Voir les prix antérieurs dans les *Annuaires statistiques de la Ville de Paris* pour 1893, p. 311, et pour 1895, p. 398.

Moyennes quinquennales des principaux prix ci-contre, et de prix antérieurs

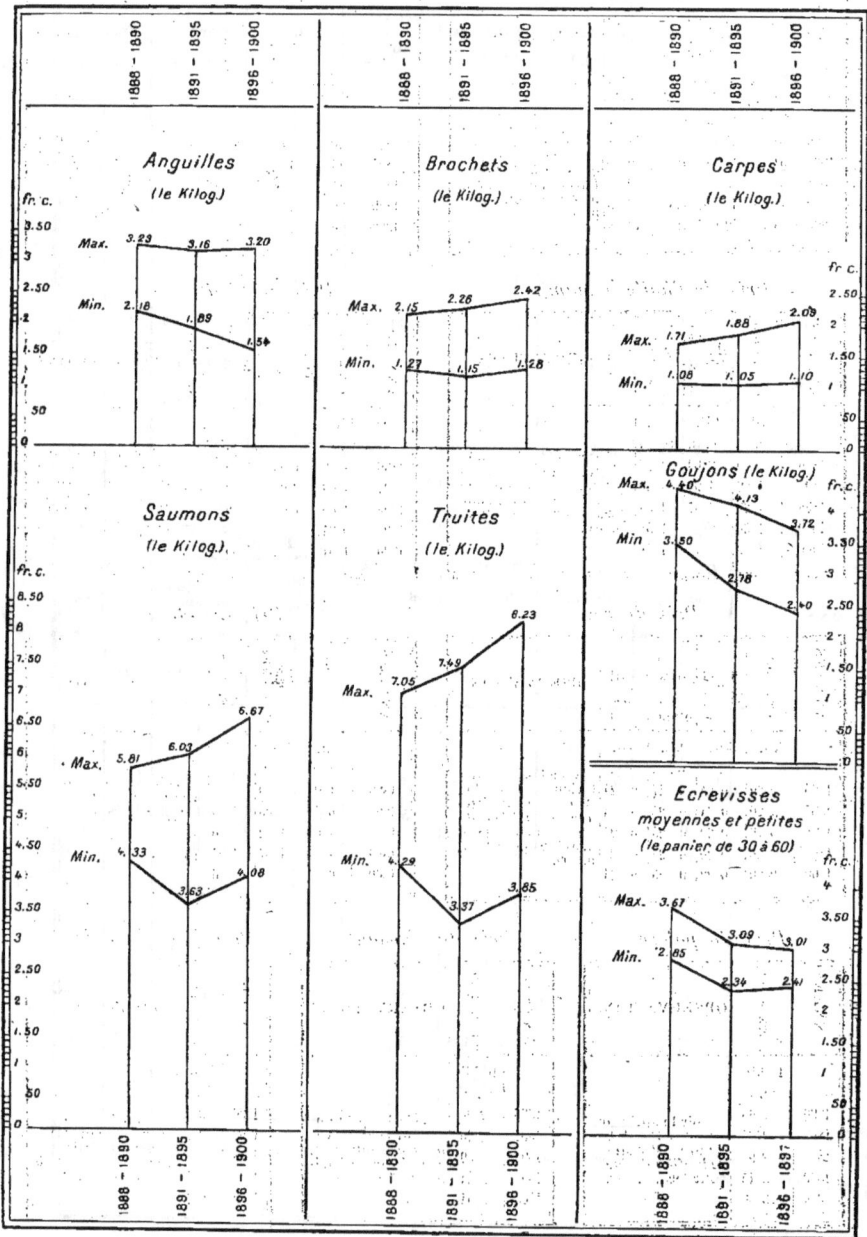

Prix du vin

ANNÉES	HOTEL-DIEU	Hôpital du Val-de-Grâce	Hospice des Quinze-Vingts	Lycée Louis-le-Grand	OBSERVATIONS
	hectol.	hectol.	hectol.	hectol.	
	fr. c.	fr. c.	fr. c.	fr. c.	
1896	51 »	45 »	53 »	51 »	Voir les prix antérieurs dans les *Annuaires statistiques de la Ville de Paris* pour 1893, p. 320, et pour 1895, p. 400.
1897	51 »	44 »	51 »	49 »	
1898	47 »	43 »	54 »	50 »	
1899	46 »	47 »	55 »	47 »	
1900	44 »	42 »	51 »	46 »	

Prix du vinaigre

ANNÉES	HOTEL-DIEU	Hôpital du Val-de-Grâce	Lycée Louis-le-Grand	OBSERVATIONS
	hectol.	hectol.	hectol.	
	fr. c.	fr. c.	fr. c.	
1896	40 »	39 »	48 »	Voir les prix antérieurs dans les *Annuaires statistiques de la Ville de Paris* pour 1893, p. 321, et pour 1895, p. 400.
1897	40 »	37 »	48 »	
1898	41 »	34 »	48 »	
1899	39 »	31 »	48 »	
1900	36 »	29 »	48 »	

Prix de l'huile à manger

ANNÉES	HOTEL-DIEU	Hôpital du Val-de-Grâce	Lycée Louis-le-Grand	OBSERVATIONS
	kil.	kil.	kil.	
	fr. c.	fr. c.	fr. c.	
1896	1 29	2 09	1 58	Voir les prix antérieurs dans les *Annuaires de la Ville de Paris* pour 1893, p. 322, et pour 1895, p. 400.
1897	1 29	1 90	1 58	
1898	1 28	2 07	1 58	
1899	1 30	2 »	1 58	
1900	1 28	1 75	1 58	

Prix de l'huile à brûler

ANNÉES	HOTEL-DIEU	Hôpital du Val-de-Grâce	Hospice des Quinze-Vingts	Lycée Louis-le-Grand	OBSERVATIONS
	kil.	kil.	kil.	kil.	
	fr. c.	fr. c.	fr. c.	fr. c.	
1896	1 08	1 03	1 30	1 05	Voir les prix antérieurs dans les *Annuaires statistiques de la Ville de Paris* pour 1893, p. 323, et pour 1895, p. 400.
1897	1 08	1 04	1 30	1 01	
1898	1 05	1 07	1 30	1 15	
1899	0 94	1 02	1 30	1 15	
1900	1 01	1 02	1 30	1 15	

Prix du sel

ANNÉES	HOTEL-DIEU	Hôpital en Val-de-Grâce	Lycée Louis-le-Grand blanc	Lycée Louis-le-Grand gris	OBSERVATIONS
	kil.	kil.	kil.	kil.	
	fr. c.	fr. c.	fr. c.	fr. c.	
1896	0 20	0 24	0 27	0 24	Voir les prix antérieurs dans les *Annuaires statistiques de Paris* pour 1893, p. 319, et pour 1895, p. 399.
1897	0 20	0 24	0 25	0 24	
1898	0 20	0 22	0 25	0 24	
1899	0 20	0 20	0 25	0 24	
1900	0 20	0 22	0 25	0 24	

Prix du sucre

ANNÉES	HOTEL-DIEU	Hôpital du Val-de-Grâce	Lycée Louis-le-Grand	OBSERVATIONS
	kil.	kil.	kil.	
	fr. c.	fr. c.	fr. c.	
1896	1 01	1 09	1 »	Voir les prix antérieurs dans les *Annuaires statistiques de la Ville de Paris* pour 1893, p. 318, et pour 1895, p. 399.
1897	0 98	1 05	1 05	
1898	1 04	1 02	1 06	
1899	1 05	1 07	1 07	
1900	0 97	1 05	1 06	

Prix du poivre

ANNÉES	HOTEL-DIEU	OBSERVATIONS
	le kil.	
	fr. c.	
1896	2 60	Voir les prix antérieurs dans l'*Annuaire statistique de la Ville de Paris* pour 1895, p. 399.
1897	2 74	
1898	2 92	
1899	3 15	
1900	3 36	

Prix du chocolat

ANNÉES	HOTEL-DIEU	OBSERVATIONS
	le kil.	
	fr. c.	
1896	2 20	Voir les prix antérieurs dans l'*Annuaire statistique de la Ville de Paris* pour 1895, p. 399.
1897	2 25	
1898	2 39	
1899	2 41	
1900	2 51	

Prix du café non brûlé

ANNÉES	HOTEL-DIEU	OBSERVATIONS
	le kil.	
	fr. c.	
1896	3 92	Voir les prix antérieurs dans l'*Annuaire statistique de la Ville de Paris* pour 1895, p. 399.
1897	3 70	
1898	» »	
1899	2 47	
1900	2 72	

Moyennes quinquennales des principaux prix ci-contre, et de prix antérieurs

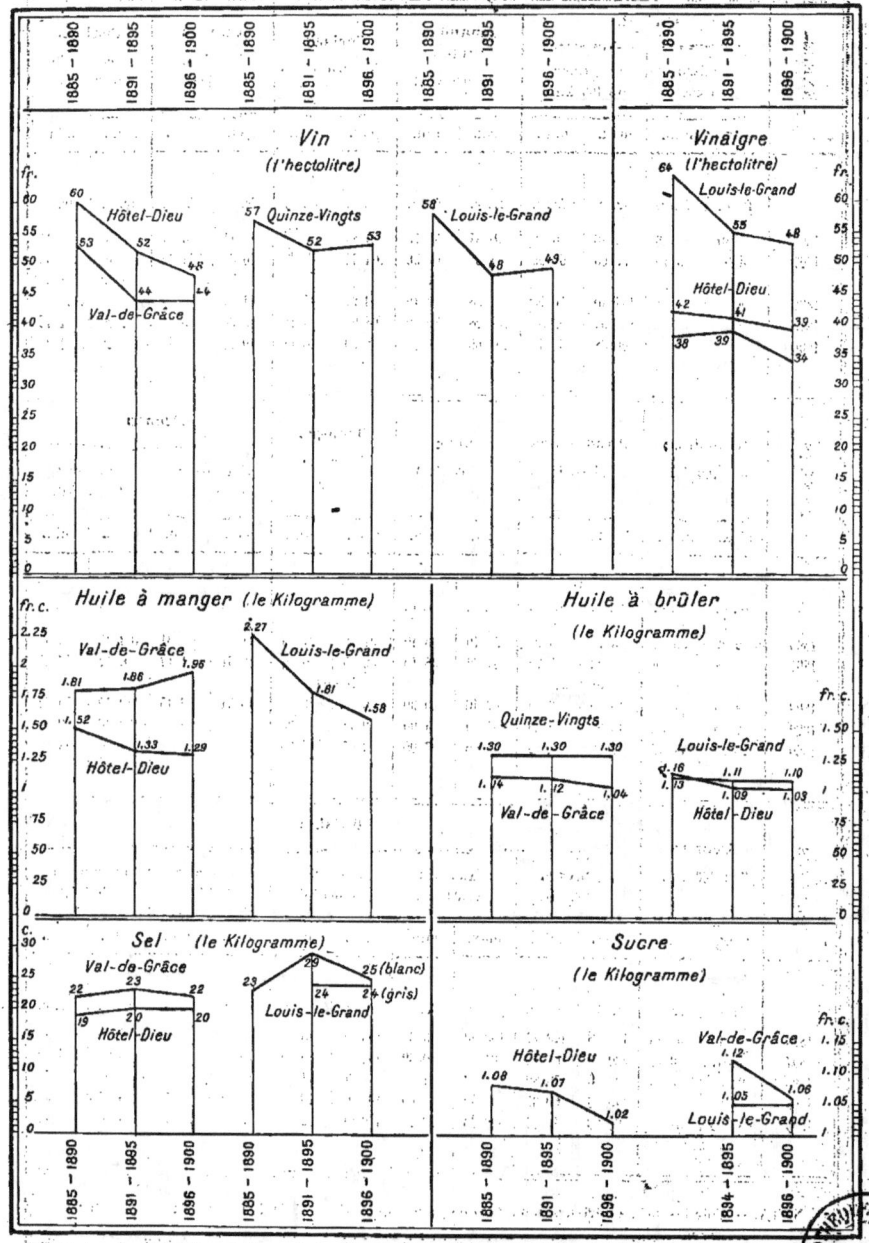

Prix de vente en gros aux Halles centrales des principales espèces de fruits

ANNÉES	Abricots (la caisse de 5 kil.)		Abricots (le panier de 100 kil.)		Amandes vertes (les 100 kil.)		Cerises (les 100 kil.)		Citrons (la caisse de 420)		Fraises (la corbeille de 3 kil.)	
	max.	min.	max.	min.	max.	min.	max.	min.	max.	min.	max.	min.
	fr. c.	fr. c.	fr. c.	fr. c.	fr. c.	fr. c.	fr. c.	fr. c.	fr. c.	fr. c.	fr. c.	fr. c.
1896	5 30	4 26	77 46	56 68	75 84	54 73	90 80	47 06	32 41	26 47	3 60	2 64
1897	4 97	3 45	99 05	61 99	78 38	60 36	104 71	60 39	30 68	21 35	3 40	1 65
									le cent		3 23	1 67
											le kil.	
1898	» »	» »	144 40	76 93	77 38	49 19	73 27	34 80	11 41	7 58		
1899	» »	» »	127 91	93 59	132 28	82 72	108 99	65 18	8 30	5 55	1 86	1 15
1900	» »	» »	100 08	61 43	106 69	61 35	98 90	46 18	10 88	5 45	2 18	1 37

ANNÉES	Groseilles (les 100 kil.)		Mandarines (la caisse de 25)		Noix (les 100 kil.)		Oranges (la caisse de 420)		Pêches (la caisse de 1 kil.)		Pêches (le panier de 100 kil.)	
	max.	min.	max.	min.	max.	min.	max.	min.	max.	min.	max.	min.
	fr. c.	fr. c.	fr. c.	fr. c.	fr. c.	fr. c.	fr. c.	fr. c.	fr. c.	fr. c.	fr. c.	fr. c.
1896	66 92	56 92	3 79	0 95	55 10	40 49	37 42	21 85	11 34	3 81	103 27	54 47
1897	» »	» »	3 02	1 22	51 72	38 10	32 75	20 30	2 31	1 19	86 12	47 25
			le cent				*le cent*					
1898	» »	» »	16 »	3 »	62 46	39 99	6 »	3 »	18 54	2 15	112 79	59 87
1899	29 48	21 08	14 88	6 29	65 29	44 90	9 45	5 90	» »	» »	139 06	69 46
1900	26 80	17 67	17 96	4 79	61 06	37 05	9 57	4 36	» »	» »	113 60	44 12

ANNÉES	Prunes (les 100 kil.)		Raisins DE FRANCE (les 100 kil.)		D'ALGÉRIE (les 100 kil.)		D'ESPAGNE (les 100 kil.)		DE SERRE (le kil.)		DE THOMERY (le kil.)	
	max.	min.	max.	min.	max.	min.	max.	min.	max.	min.	max.	min.
	fr. c.	fr. c.	fr. c.	fr. c.	fr. c.	fr. c.	fr. c.	fr. c.	fr. c.	fr. c.	fr. c.	fr. c.
1896	96 74	57 43	188 18	123 12	103 80	83 34	105 68	88 89	8 15	5 32	5 22	3 45
1897	70 37	40 28	220 61	103 22	101 76	80 69	102 18	80 66	10 60	6 11	6 93	4 22
1898	90 66	36 94	132 94	70 82	111 62	81 »	94 30	71 67	11 44	5 15	6 98	2 78
1899	145 27	77 45	145 28	69 35	107 30	60 60	103 95	79 97	9 64	3 73	6 12	2 53
1900	88 86	38 54	90 93	43 87	120 73	72 17	120 »	65 »	9 75	3 52	5 30	1 44

NOTA. — Voir les prix antérieurs dans l'*Annuaire statistique de la Ville de Paris* pour 1895, p. 401.

Moyennes quinquennales des principaux prix ci-contre, et de prix antérieurs.

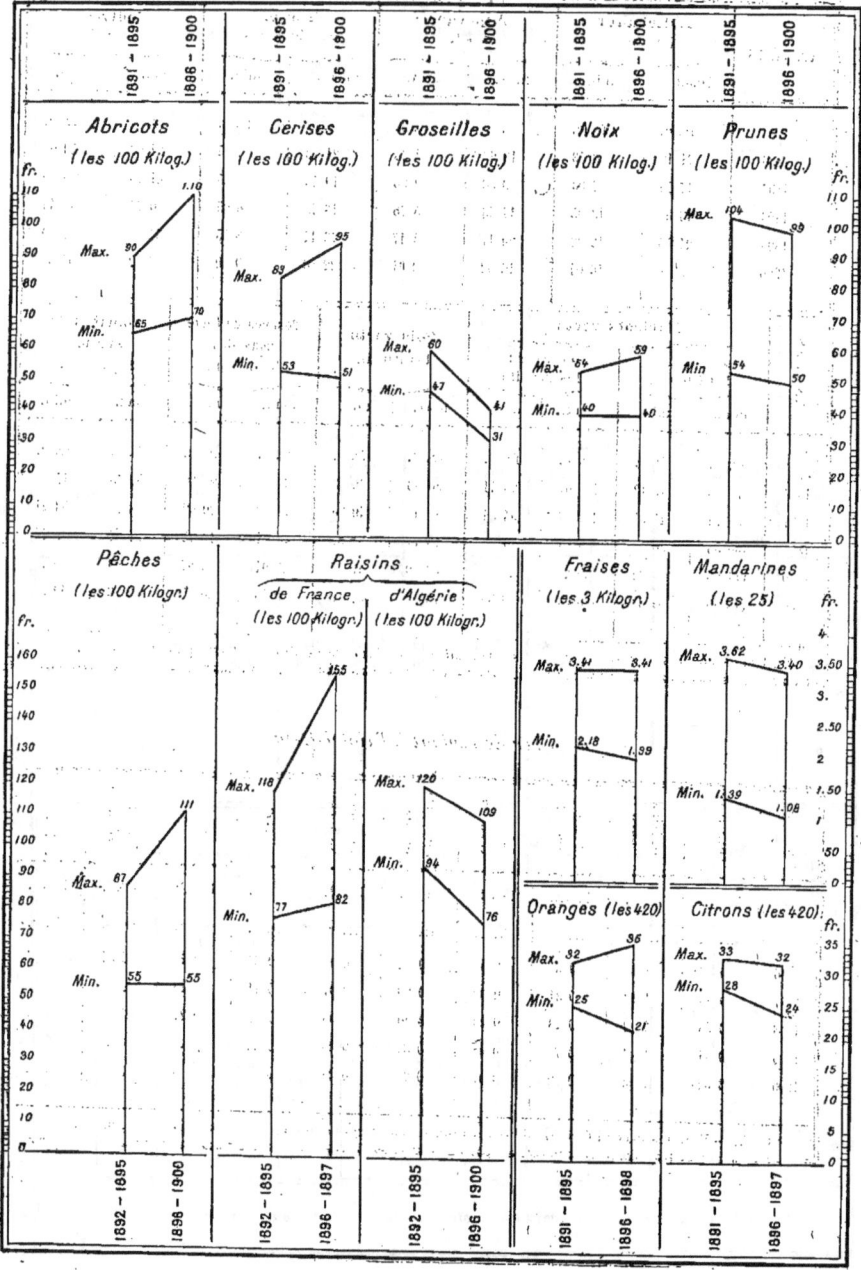

Prix de vente en gros aux Halles centrales des principales espèces de légumes

ANNÉES	Artichauts (le cent)		Asperges (la botte)		Cresson (les 240 bottes)		Endives (les 100 kil.)	
	max.	min.	max.	min.	max.	min.	max.	min.
	fr. c.	fr. c.	fr. c.	fr. c.	fr. c.	fr. c.	fr. c.	fr. c.
1896	21 12	8 53	13 68	4 26	21 73	8 25	64 93	53 02
1897	17 55	7 09	9 60	2 96	19 13	6 35	64 46	55 40
1898	23 68	13 05	17 53	5 76	19 45	6 95	60 73	48 41
1899	24 55	13 92	20 17	4 17	23 12	8 55	67 37	57 59
1900	29 »	16 04	16 92	2 01	22 60	9 40	66 72	55 92

ANNÉES	Haricots verts DE FRANCE (les 100 kil.)		D'ESPAGNE (les 100 kil.)		Pois verts (les 100 kil.)		Pommes de terre nouvelles (les 100 kil.)		Tomates de France (les 100 kil.)	
	max.	min.	max.	min.	max.	min.	max.	min.	max.	min.
	fr. c.	fr. c.	fr. c.	fr. c.	fr. c.	fr. c.	fr. c.	fr. c.	fr. c.	fr. c.
1896	76 56	42 12	188 01	128 41	86 30	66 58	34 82	28 68	57 70	47 50
1897	88 72	44 05	215 20	154 34	47 46	40 96	24 79	20 02	68 70	53 24
1898	106 83	56 »	» »	» »	73 71	54 87	16 81	12 15	37 01	29 13
1899	119 06	55 92	169 29	122 »	62 80	49 86	20 01	15 97	37 93	28 78
1900	118 50	54 33	128 87	89 35	75 30	57 66	40 43	30 70	60 80	49 96

NOTA. — Voir les prix antérieurs dans l'*Annuaire statistique de la Ville de Paris* pour 1895, p. 400.

Prix de revient à l'Hôtel-Dieu

ANNÉES	Fruits frais	Raisins secs	Figues sèches	Choux, navets et carottes	Légumes de saison	Pommes de terre	Riz	Haricots secs	Lentilles sèches	Pois cassés
	le kil.	le kil.	le kil.	le kil.	le kil.	le kil.	le kil.	le kil.	le kil.	le kil.
	fr. c.	fr. c.	fr. c.	fr. c.	fr. c.	fr. c.	fr. c.	fr. c.	fr. c.	fr. c.
1896	0 49	1 23	0 31	0 09	0 32	0 08	0 37	0 29	0 31	0 38
1897	0 49	1 93	0 31	0 09	0 29	0 07	0 41	0 29	0 35	0 26
1898	0 56	1 13	0 28	0 09	0 40	0 08	0 29	0 27	0 43	0 32
1899	0 54	1 17	0 72	0 08	0 37	0 08	0 42	0 28	0 45	0 38
1900	0 32	1 13	0 32	0 07	0 26	0 08	0 42	0 30	0 35	0 33

NOTA. — Voir les prix antérieurs dans l'*Annuaire statistique de la Ville de Paris* pour 1895, p. 403.

Moyennes quinquennales des principaux prix ci-contre, et de prix antérieurs

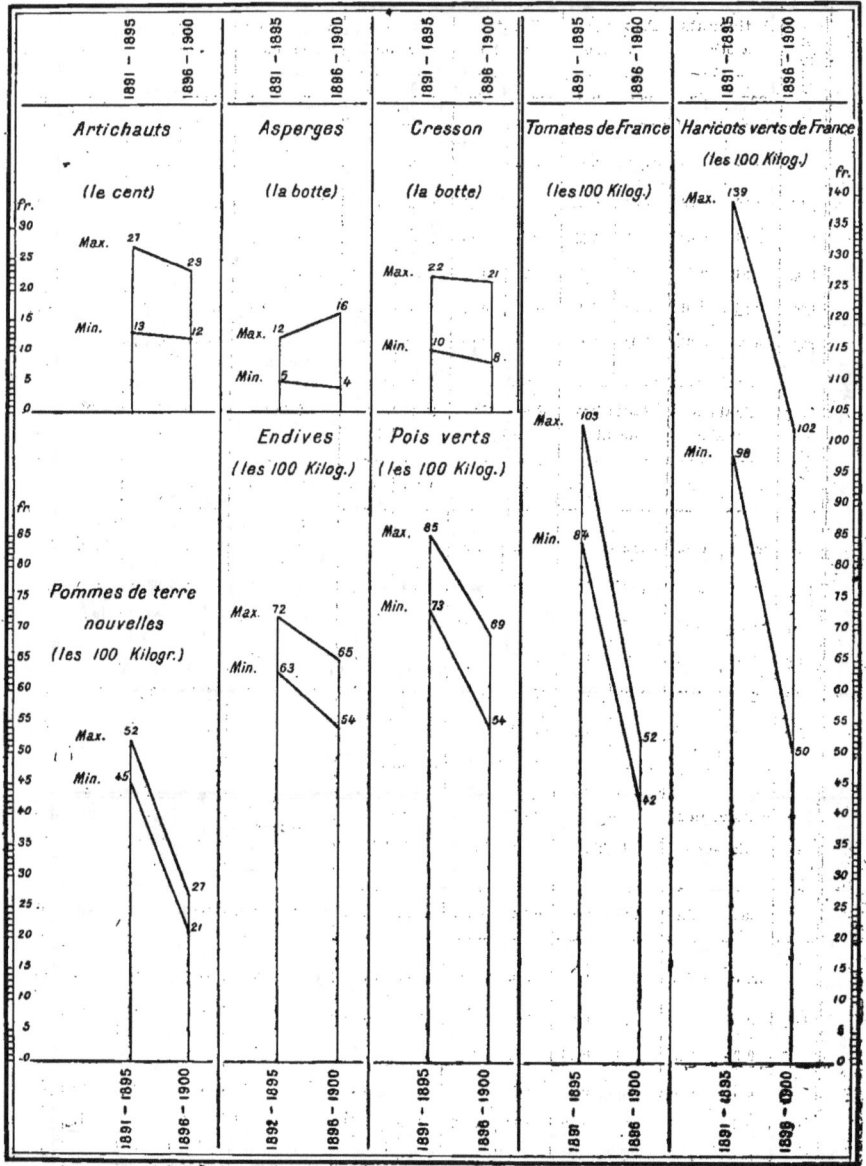

Prix de vente au carreau forain des Halles centrales des fruits et des légumes

ANNÉES	Artichauts (la pièce)		Asperges (la botte)		Carottes (la botte)		Cerises (le kil.)		Champignons (le kil.)		Choux (le cent)		Choux-fleurs (le cent)	
	max.	min.	max.	min.	max.	min.	max.	min.	max.	min.	max.	min.	max.	min.
	fr. c.	fr. c.	fr. c.	fr. c.	fr. c.	fr. c.	fr. c.	fr. c.	fr. c.	fr. c.	fr. c.	fr. c.	fr. c.	fr. c.
1896	0 32	0 08	6 06	0 85	0 37	0 14	0 85	0 29	1 42	0 83	13 47	5 62	37 48	11 12
1897	0 21	0 09	5 41	0 55	0 38	0 15	0 84	0 36	1 50	0 74	13 77	5 64	40 06	12 51
1898	0 21	0 09	8 94	1 14	0 32	0 19	0 56	0 32	1 51	0 59	12 98	8 14	40 23	15 54
1899	0 26	0 011	6 52	1 12	0 36	0 27	1 26	0 46	1 84	0 84	15 02	9 72	43 54	17 64
1900	0 36	0 015	4 93	0 96	0 30	0 22	0 62	0 27	1 72	0 74	19 50	10 46	51 87	22 27

ANNÉES	Fraises (le kil.)		Framboises (le kil.)		Groseilles (le kil.)		Haricots verts (le kil.)		Melons (la pièce)		Navets (la botte)		Pêches (la pièce)	
	max.	min.	max.	min.	max.	min.	max.	min.	max.	min.	max.	min.	max.	min.
	fr. c.	fr. c.	fr. c.	fr. c.	fr. c.	fr. c.	fr. c.	fr. c.	fr. c.	fr. c	fr. c.	fr. c.	fr. c.	fr. c.
1896	1 88	0 93	0 84	0 53	0 39	0 28	0 67	0 33	2 62	0 75	0 35	0 13	0 49	0 08
1897	1 57	0 81	0 85	0 48	0 33	0 23	0 83	0 38	2 29	0 81	0 32	0 13	0 43	0 08
1898	1 08	0 54	0 74	0 32	0 33	0 20	0 69	0 27	2 22	0 81	0 23	0 14	0 21	0 09
1899	2 32	1 17	0 88	0 66	0 42	0 28	0 98	0 37	2 95	0 50	0 28	0 20	0 89	0 15
1900	2 50	1 87	1 01	0 79	0 32	0 20	0 95	0 28	3 02	0 64	0 36	0 25	0 99	0 22

ANNÉES	Poireaux (la botte)		Poires (le kil.)		Pois verts (le kil.)		Pommes (le kil.)		Pommes de terre (les 100 kil.)		Raisins			
											ordinaires (le kil.)		de Thomery (le kil.)	
	max.	min.	max.	min.	max.	min.	max.	min.	max.	min.	max.	min.	max.	min.
	fr. c.	fr. c.	fr. c.	fr. c.	fr. c.	fr. c.	fr. c.	fr. c.	fr. c.	fr. c.	fr. c.	fr. c.	fr. c.	fr. c.
1896	0 37	0 19	1 26	0 24	0 33	0 20	1 45	0 24	14 28	5 89	1 45	0 63	5 50	2 43
1897	0 32	0 15	1 38	0 26	0 37	0 24	1 70	0 28	16 15	6 27	1 67	0 92	6 53	1 90
1898	0 40	0 23	1 39	0 27	0 38	0 24	1 88	0 29	14 28	10 85	1 98	1 04	5 65	1 85
1899	0 48	0 30	0 98	0 29	0 43	0 26	1 25	0 31	11 03	8 21	0 83	0 48	5 44	2 35
1900	0 43	0 28	0 57	0 30	0 53	0 33	0 75	0 38	15 09	9 21	0 76	0 44	5 45	1 72

NOTA. — Voir les prix antérieurs dans l'*Annuaire statistique de la Ville de Paris* pour 1895, p. 402.

Moyennes quinquennales des principaux prix ci-contre, et de prix antérieurs

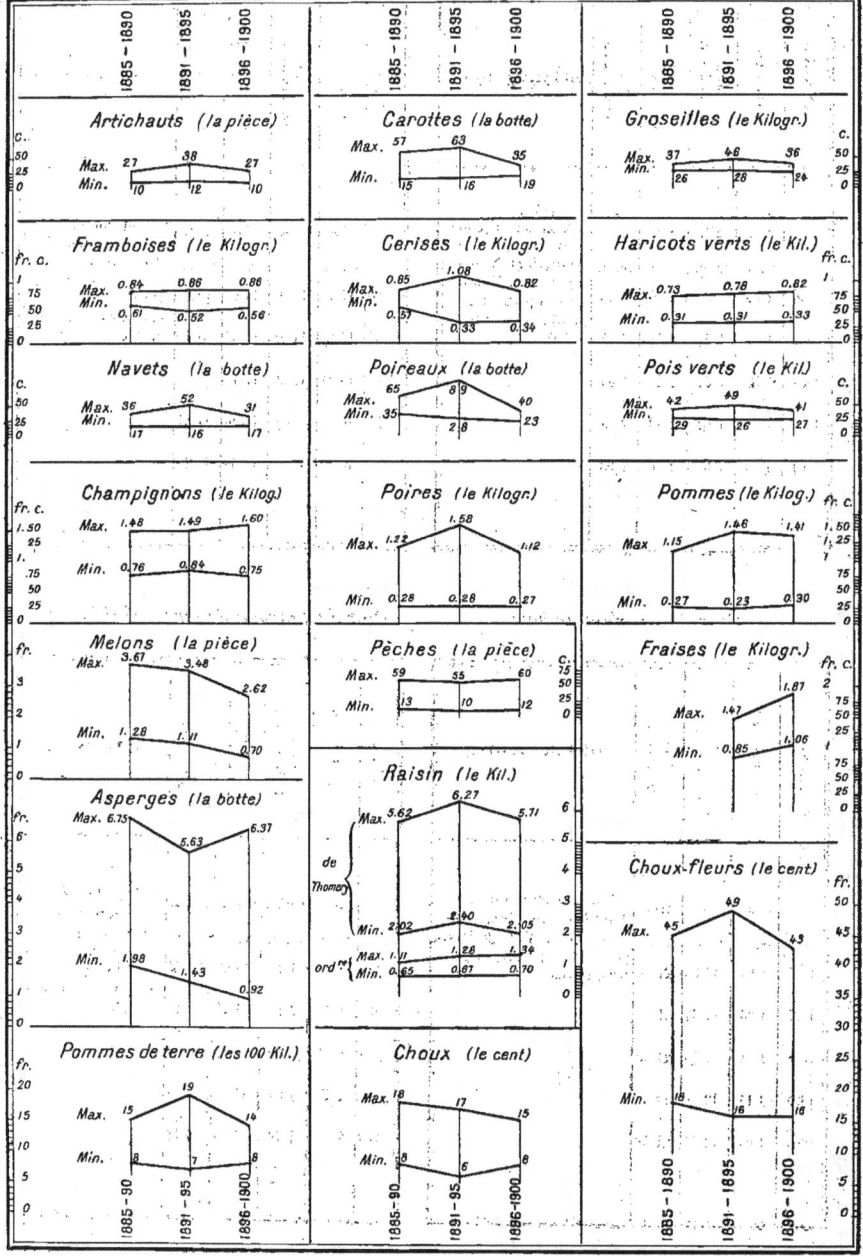

Prix de la bougie stéarique

ANNÉES	HOTEL-DIEU	Hôpital du Val-de-Grâce	Hospice des Quinze-Vingts	Lycée Louis-le-Grand	OBSERVATIONS
	kil.	kil.	kil.	kil.	Voir les prix an-térieurs dans les *Annuaires statis-tiques de la Ville de Paris* pour 1893, p. 325, et pour 1895, p. 400.
	fr. c.	fr. c.	fr. c.	fr. c.	
1896	1 68	1 80	2 20	2 25	
1897	1 64	1 67	2 40	2 25	
1898	1 58	1 64	2 40	1 83	
1899	1 54	1 62	2 40	1 88	
1900	1 74	1 61	2 40	1 93	

Prix du bois à brûler

ANNÉES	HOTEL-DIEU	Hospice des Quinze-Vingts	LYCÉE LOUIS-le-GRAND bois flotté	LYCÉE LOUIS-le-GRAND bois blanc	OBSERVATIONS
	stère	stère	stère	stère	Voir les prix an-térieurs dans les *Annuaires statis-tiques de la Ville de Paris* pour 1893, p. 326, et pour 1895, p. 400.
	fr. c.	fr. c.	fr. c.	fr. c.	
1896	17 70	15 84	16 02	10 "	
1897	17 20	14 84	17 37	10 43	
1898	15 71	17 90	17 15	10 83	
1899	16 05	17 90	16 80	11 47	
1900	16 70	17 90	16 95	11 70	

Prix du charbon de bois

ANNÉES	HOTEL-DIEU	Hôpital du Val-de-Grâce	Lycée Louis-le-Grand	OBSERVATIONS
	hect.	quint.	quint.	Voir les prix antérieurs dans les *Annuaires statis-tiques de la Ville de Paris* pour 1893, p. 327, et pour 1895, p. 400.
	fr. c.	fr. c.	fr. c.	
1896	3 20	12 90	21 "	
1897	3 26	12 60	21 "	
1898	3 34	12 50	21 50	
1899	3 11	12 "	21 50	
1900	3 03	18 50	21 50	

Prix du charbon de terre (Gailletterie)

ANNÉES	HOTEL-DIEU	Hôpital du Val-de-Grâce	Hospice des Quinze-Vingts	Lycée Louis-le-Grand	OBSERVATIONS
	100 kil.	100 kil.	1000 k.	1000 k.	Voir les prix an-térieurs dans les *Annuaires statis-tiques de la Ville de Paris* pour 1893, p. 328, et pour 1895, p. 400.
	fr. c.	fr. c.	fr. c.	fr. c.	
1896	3 83	3 28	36 45	33 38	
1897	3 85	3 24	36 45	35 60	
1898	4 02	3 60	36 45	36 96	
1899	4 25	3 90	37 75	40 "	
1900	5 24	4 70	37 70	50 18	

Moyennes quinquennales des principaux prix ci-contre, et de prix antérieurs

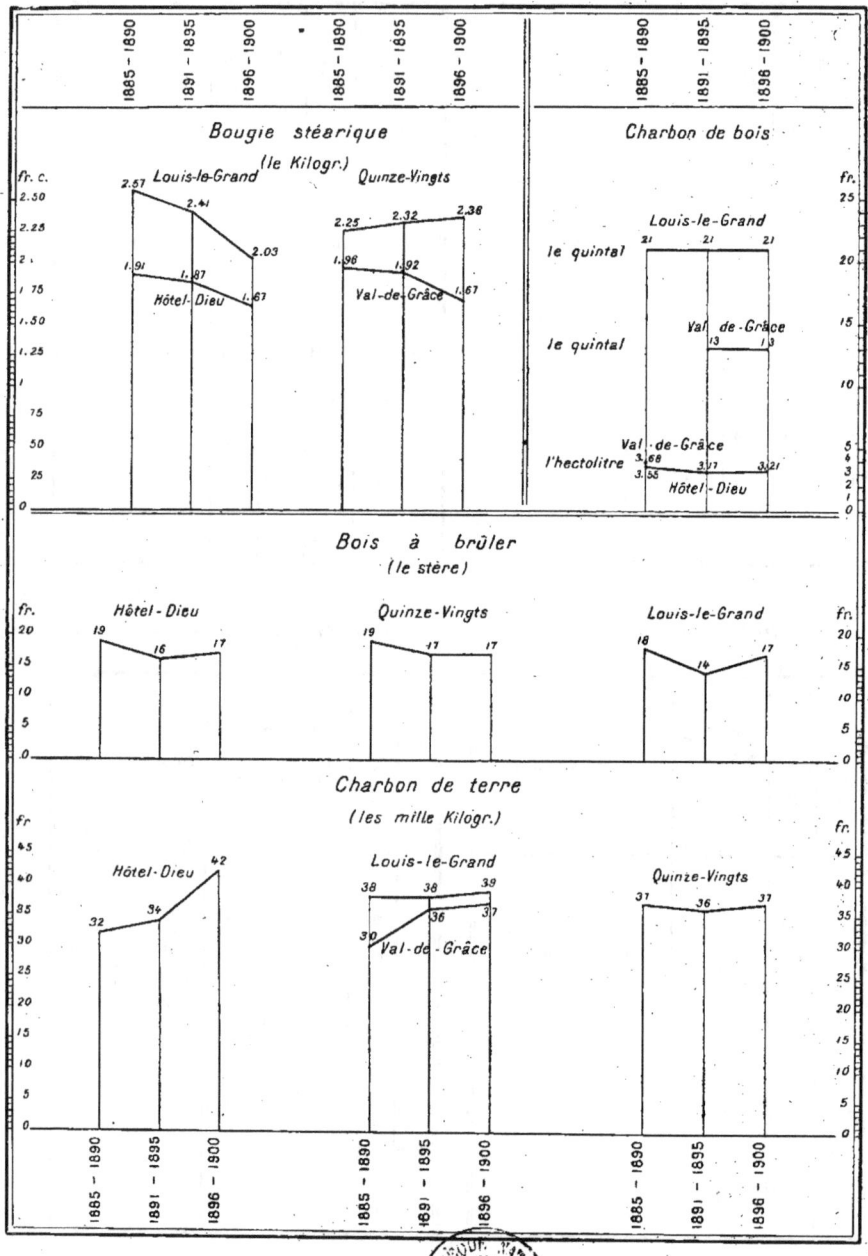